कुछ कहता है मोबाइल

रचनाकार

नरेंद्र सिंह 'नीहार'

नीलकंठ प्रकाशन

नई दिल्ली-110002

ISBN : 978-93-6874-460-3

मूल्य : 250.00

प्रथम संस्करण : 2025

प्रकाशक : नीलकंठ प्रकाशन
4760-61, द्वितीय तल
23 अंसारी रोड, दरियागंज,
नई दिल्ली-110002

शब्द संयोजन : तुषार कंप्यूटर्स, फरीदाबाद-121004

मुद्रक : मणिपाल टेक्नॉलजीस् लिमिटेड, भारत

KUCH KAHTA H MOBILE by Narendra Singh 'Nihar'

श्री नरेन्द्र सिंह " नीहार " हिंदी साहित्य का एक चिर परिचित नाम है। यह बहु प्रतिभा संपन्न साहित्यकार हैं। हिंदी के समकालीन सक्रिय बाल साहित्यकारों के बीच नीहार जी की कविताएं अलग से पहचानी जा सकती हैं। इसका केंद्रीय कारण इनकी कविताओं में विषय का चयन और और बालमन के अनुरूप भाषा का प्रयोग है। इनको बाल कविताओं को रोचक बनाने की कला आती है। हिंदी इनमें गूंजती है और यह हिंदी में गूंज रहे हैं। एक शिक्षक होने के चलते बच्चों का मनोविज्ञान भी समझते हैं। यह ए आई (AI) जैसे नए विषय पर हिंदी में बाल कविता लिखने वाले पहले रचनाकार हैं। *कुछ कहता है मोबाइल* की कविताओं में मौसम, त्योहार, प्रकृति, फल-फूल सब कुछ मिलेगा। बच्चों के लिए हँसी और खुशी एक साथ लुटाने में माहिर कवि *नरेंद्र सिंह नीहार* के इस बाल कविता संग्रह का स्वागत है। यह बाल पाठकों को पसंद आए, यही कामना है।

सूर्यकुमार पांडेय
वरिष्ठ साहित्यकार, लखनऊ
उत्तर प्रदेश

** जितना मैंने जाना

**बाल साहित्य की शुचिता, साधुता एवं संवेदनाओं से भरे रचनाकार हैं- नरेंद्र सिंह 'नीहार'

बाल साहित्य का मूल उद्देश्य केवल मनोरंजन नहीं, अपितु बच्चों के मनोभावों को समझकर उन्हें पोषित करना और सही दिशा में ले जाना होता है। इसी उद्देश्य को केंद्र में रखकर बाल साहित्य की शुचिता, साधुता एवं संवेदनाओं से भरे रचनाकार नरेंद्र सिंह 'नीहार' अपनी नवीन कृति 'कुछ कहता है मोबाइल' के माध्यम से एक बार फिर बाल-जगत को समृद्ध करने के लिए उपस्थित हुए हैं। यह काव्य-संग्रह आधुनिक युग के बच्चों की जिज्ञासा, कल्पनाशीलता और जीवन शैली को गहराई से समझते हुए एक ऐसा सेतु निर्मित करता है, जो परंपरा और आधुनिकता को आपस में जोड़ता है।
नीहार जी की यह पुस्तक बच्चों की उम्र, रुचि और मानसिक स्तर को ध्यान में रखते हुए रची गई है। संग्रह में संकलित 55 बाल कविताएँ जहाँ एक ओर बालसुलभ नटखटता, कल्पना और मासूमियत से भरपूर

हैं, वहीं दूसरी ओर उनमें देशभक्ति, नैतिक शिक्षा, पर्यावरण चेतना, पारिवारिक संस्कार और जीवन मूल्यों का भी सुंदर समावेश हुआ है। गणेश वंदना से आरंभ होकर 'हाथों में तिरंगा', 'नानाजी', 'अमर कहानी', 'आज़ादी का पर्व' जैसी रचनाएँ बच्चों में राष्ट्रीय भावना का बीजारोपण करती हैं। 'कुछ कहता है मोबाइल' जैसी कविताएँ बच्चों से डिजिटल लत और स्क्रीन समय घटाने जैसे ज्वलंत विषय पर सहजता के साथ सार्थक संवाद करती है, तो 'गिलहरी', 'तोता', 'चिड़िया', 'बंदर', 'नीम', 'गेंदा फूल' जैसी कविताएँ उन्हें प्रकृति की ममतामयी अनुभूति कराती हैं।

यह संग्रह केवल बच्चों का मनोरंजन ही नहीं करता, बल्कि उन्हें सोचने, समझने और जीवन से जुड़ने की प्रेरणा भी देता है। 'ज़िंदगी एक दीया', 'सही समय', 'माँ का आँचल', 'बचपन को मनभर जीने दो', 'नदी', 'साइकिल' जैसी रचनाएँ बच्चों के साथ भावात्मक संवाद करके उनके व्यक्तित्व को मानवता की कसौटी पर गढ़ती हैं।

नीहार जी की भाषा सरल, सरस और लयात्मक है, जो बच्चों के कंठ में स्वतः बस जाती है। उनकी कविताएँ बच्चों को दुलारते हुए उनसे संवाद करती हैं। यही कारण है कि उनकी रचनाएँ केवल पाठ न बनकर बच्चों के जीवन का हिस्सा बन जाती हैं। वे अपने अनुभवों एवं संवेदनाओं को बालमन के अनुरूप इस सहजता से प्रस्तुत करते हैं कि पाठक चाहे

बच्चा हो या बड़ा उनकी कविताओं से सीधे जुड़ जाता है।

प्रशंसनीय बात यह है कि इस संकलन की कविताओं का परीक्षण बच्चों को सुनाकर किया गया है, जिससे यह प्रमाणित होता है कि यह पुस्तक बाल पाठकों की रुचियों के अनुरूप गढ़ी गई है। 'कुछ कहता है मोबाइल' केवल एक कविता-संग्रह नहीं, बल्कि बच्चों की दुनिया में प्रवेश कर उनके अंतर्मन को समझने और सहेजने तथा अपनी जड़ों से जोड़े रखने का एक युगानुकूल एवं संवेदनशील प्रयास है। विश्वास है कि यह बालकृति नीहार जी की अन्य कृतियों के समान न केवल बच्चों को पसंद आएगी, बल्कि शिक्षकों, अभिभावकों और बाल साहित्य के अध्येताओं के लिए भी उपयोगी सिद्ध होगी।

सादर

डॉ. विनोद 'प्रसून'

(शिक्षक, संसाधक एवं साहित्यकार) ग्रेटर नोएडा (उ.प्र.)

विनम्र निवेदन

नन्हे-मुन्ने दोस्तों ! प्यार भरा नमस्कार। आपके लिए एक और कविता संग्रह लेकर आ रहे हैं। नाम रखा है -" कुछ कहता है मोबाइल "। आज के दौर में मोबाइल आपका प्रिय खिलौना जो ठहरा। अब तक आप मेरे तीन बाल कविता संग्रह देख और पढ़ चुके हैं - हसने दो मुस्काने दो,मत मुझको दुत्कार और सूरज दादा कूल बनो। निश्चित रूप से इन संग्रहों की कविताएं आपने पसंद की हैं और उनको सराहा भी है। तभी मैं एक नया संग्रह आपको सौंपने के लिए तत्पर हुआ हूं। इसमें 55 बाल कविताओं को शामिल किया गया है।

यह कार्य भाषा प्रेमी शिक्षक शशि प्रकाश के द्वारा किया गया है। उन्होंने घर और विद्यालय में कविताएं बच्चों को सुनाकर सफल परीक्षण किया और फिर उन कविताओं का चयन इस संकलन के लिए मनपूर्वक किया है।

प्रायः समस्त कविताएं उम्र की आवश्यकताओं,बाल मनोविज्ञान और बाल सुलभ चेष्टाओं पर आधारित हैं। प्रथम कविता में गणेश वन्दना की गई है। देश भक्ति पर आधारित कविताएं -हाथों में तिरंगा, नाना जी, आजादी के नारों में, अमर कहानी, आजादी का पर्व,मेरी माटी मेरा देश

में देशप्रेम की भावना मुखरित हुई है। आपको अच्छे लगने वाले कबूतर, मुर्गा - मुर्गी, गिलहरी, तोता,चिड़िया, बन्दर, बादल, नदी, धूप के अनेक रूप हैं। फल-फूल हैं तो बगीचे भी हैं। दरवाज़े से अठखेलियां करती हवाएं हैं तो आपकी प्यारी साइकिल भी है। गूगल बाबा के साथ ए आई पर भी कविता है। नीम और आम के नीचे बच्चों की चौपाल सजी है। चिंटू बन्दर ऊंट भाई को दावत दे रहे हैं तो राजू भाई हमें पुस्तक मेला घूमाने ले जा रहे हैं। आपके लिए खास मनोरंजन के साथ जीवन के छोटे-छोटे सूत्र भी हैं,जो आपको गाते-गुनगुनाते समझ आ जायेंगे ।

परियोजना को आकार देने की जिम्मेदारी हमारे सुहृदय प्रकाशक श्री पंकज कुमार गुप्ता ने उठाने का वचन दिया है। हिन्दी की गूंज परिवार के समस्त सम्माननीय सदस्यों का मनपूर्वक आभार। विशेष रूप से ममता श्रीवास्तव जी का, जिन्होंने प्रथम पाठक के रूप में इन कविताओं को जांचा - परखा। बाल साहित्य के सूर्य आदरणीय सूर्य कुमार पाण्डेय जी और वरिष्ठ बाल साहित्यकार आदरणीय प्रभुदयाल श्रीवास्तव जी के प्रति शुभकामनाएं प्रेषित करने के लिए कृतज्ञता ज्ञापित करता हूं। डॉ. विनोद चौहान प्रसून जी का ज़िक्र किये बिना यह अनुष्ठान अधूरा ही रहेगा। आपने संग्रह की कविताओं पर सारगर्भित एवं अर्थपूर्ण आलेख लिखकर जो उपकार मेरे ऊपर किया है। वह

अतुलनीय है। बारम्बार साधुवाद! अपने माता-पिता को नमन और परिवारी जनों को आभार अर्पण करते हुए यह काव्य-गुच्छ आपको सौंपता हूं। आपकी टिप्पणी, सुझावों और मार्गदर्शन का स्वागत है।

आपका - अपना
नरेन्द्र सिंह "नीहार"
शिक्षाविद एवं साहित्यकार
संयोजक - हिन्दी की गूंज परिवार
नई दिल्ली

ISBN : 978-93-6874-460-3

©	:	लेखक
मूल्य	:	250.00
प्रथम संस्करण	:	2025
प्रकाशक	:	नीलकंठ प्रकाशन 4760-61, द्वितीय तल 23 अंसारी रोड, दरियागंज, नई दिल्ली-110002
शब्द संयोजन	:	तुषार कंप्यूटर्स, फरीदाबाद-121004
मुद्रक	:	मणिपाल टेक्नोलॉजीज़ लिमिटेड, मणिपाल

KUCH KAHTA H MOBILE by Narendra Singh 'Nihar'

Z
Z
12
1
2
3
4
5
6
7
8
9
10
11

1

आजादी का पर्व

आता है हर वर्ष जगाने,
जीवन में उल्लास।
भारत मां के जयकारों से,
गुंजित हो आकाश।
देशप्रेम के मधुर तराने,
भरें फिज़ा में जोश।
लहर-लहर लहराये तिरंगा,
कौन रहे खामोश?
जल थल नभ में चमक उठे,
नवल आस विश्वास।
आजादी का यही फलसफा,
सबका उचित विकास।
वीर शहीदों की कुर्बानी,
साहस शौर्य गर्व।
खुशियों का अनमोल पिटारा,
आजादी का पर्व।

2

बाल किलकारी

घर सूना आंगन सूना,
बच्चों की किलकारी बिन।
पतझड़ में उपवन सूना,
मोहक-सी फुलवारी बिन।
शोर शराबा हो-हल्ला,
नई शरारत हों हर दिन।
गलती कर भोले बन जाते,
मैं कब आया था उस दिन।
रेलमपेल शिकायत की,
पल में तोला पल में माशा।
झूठ मूठ के झगड़े टंटे,
कोई नौटंकी कोई तमाशा।
बच्चे होते मन के सच्चे,
कोमल भाव सुमंलकारी,
खिलखिल कर हसते-मुस्काते,
देखो बच्चों की किलकारी ।।

3

नये साल में

सोचता हूं कुछ बेहतर होगा,
इस नये साल में।
भर-भर आयेंगी खुशियां,
कमाल होगा नये साल में।
क्या कभी पहले ऐसा हुआ है,
जो अब होगा नये साल में ।
कैलेण्डर के बदल जाने मात्र से,
चमत्कार नहीं होते नये साल में।
सोच बदलेंगे तो सितारे बदल जायेंगे,
ढल ही जायेंगे हम वक्त की चाल में।
साल दर साल फलते हैं वृक्ष वही,
हरदम रहते जो माली के ख्याल में।
सुर लय सरगम अभ्यास से सजते सदा,
वीणा के तार भी बजते हैं ताल में।
कर्मों की गति बनाती है भाग्य,
मत फंसो भाई आलस के जाल में।

नित उठ करना स्वागत सुबह का,
चलना कर्तव्य पथ की चाल में।
मिलेगी मंजिल और खुशियां भी लाये,
इस साल में या नये साल में।।

4

अमर कहानी

फतेह सिंह जोरावर सिंह की,
कथा अमर बलिदानी है।
साहस,शौर्य और निडरता की,
अद्भुत अमिट निशानी है।
गुरु गोविंद के सुत लाडले,
दादी गुजरी की आंख के तारे।
जिंदा दीवारों में चुनवाये,
डर लोभ प्रलोभन हारे।
मुगलों के जुल्मों के आगे,
सिंह शावक से नहीं डरे।
दुष्ट काजी को किया निरुत्तर,
धर्म की खातिर प्राण दिये।
वीर अमर सपूतों की ,
जननी को सौ-सौ बार नमन।
वीर बाल दिवस कहता है,
देश की खातिर तन और मन ।।

5

बन्दर की दावत

बन्दर के घर दावत में,
ऊंट भाई भी आये।
देख प्लेट में रखा जीरा,
मन्द-मन्द मुस्कराये।
चिंटू बन्दर गले लगा जब,
दिया गिफ्ट में थैला।
अदरक की तीखी गंध से,
बन्दर का मन मैला।
हसी दबा और हर्राकर,
ऊंट प्यार से बोला।
इस जीरे से होता आया,
मेरे संग झमेला।
मुझे पता था करो शरारत,
तुम भी कब मानोगे।
इसीलिए मैं लाया अदरक,
स्वाद चखो जानोगे।

सिर झुका चिंटू बन्दर ने,
ग़लती अपनी मानी।
ऊंट भाई की खातिरदारी,
देकर गुड़-चना पानी।।

6

सर्दी का सूरज

कितने दुबले, तेजहीन से,
दीपक लौ से कांप रहे हो।
अक्ल ठिकाने लगी है प्यारे,
उल्टी गिनती बांच रहे हो।
गरम चाय का प्याला पीकर,
कुछ तो जोश दिखाओ।
आसमान में चढ़ी धुंध को,
थोड़ा सबक सिखाओ।
सर्द हवाओं ने छेड़ा है,
कोहरे के संग राग नया।
थर-थर कांपे बूढ़ी अम्मा,
पाले का सुर ताल नया।
टक्कर देगी धूप सुहानी,
हिम्मत ज़रा दिखाओ।
आलस तंद्रा निद्रा छोड़ो,
सबको दूर भगाओ।

एक सीख मौसम से लेना
रवि,भास्कर, दिनकर भाई !
मई-जून में रखना संयम,
जग जीवन की करो भलाई।।

7

सर्दी और बच्चे

फर-फर चलती सर्द हवाएं,
सुबह-शाम ठिठुरातीं।
घर के अंदर दुबके रहना,
हर पल हमें डराती।
उछल-कूद मचाते बच्चे,
घर के बाहर भागें।
पीछे-पीछे मम्मी-पापा,
सबसे पहले जागें।
ऊनी कपड़े पहने के रखना,
दादी रोज बताती।
स्वेटर, मफलर,मौजे टोपी,
ढूंढ - ढूंढकर लाती।
ये चुपके से चल देते हैं,
सखा-सखी से मिलने,
मानो सर्दी के भी संग में,
हसी - ठिठौली करने।।

8

पुस्तक मेला

ज्ञान कुंज-सा लगता हमको,
सब मेलों में अलबेला।
छोटे - बड़े सभी जन आते,
लगता जब पुस्तक मेला।
सजी - धजी देख किताबें,
युवा मन भी ललचाये
उम्मीदों की किरन किताबें,
भर - भर थैले लाये।
कितने लेखक कवि प्रकाशक,
एक मंच पर मिल जाते।
पुस्तक प्रेमी पुलक-पुलक कर,
देख रहे आते - जाते।
राजू भैया - प्यारे भैया !
पुस्तक मेला चले चलो।
बाल मंडप में होगी मस्ती,
आगे - आगे बढ़े चलो।।

9

गेंदा फूल

पाकर ताप नमी अरु पानी,
गमले में इक बीज उगा।
छोटी-छोटी पत्ती वाला,
उचक-उचक कर हुआ खड़ा।
मन्द पवन ने उसे दुलारा,
किरणों संग- संग खेला।
चंचल तितली गुनगुन भँवरें ,
सबका साथी अलबेला।
करी निराई और गुड़ाई,
धीरे-धीरे छितराया।
नई नवेली फूटी कलियां,
नन्हा पौधा गबराया।
सुन्दर फूल खिले मनभावन,
बच्चों के मन को भाया।
गेंदा खुशबूदार बहुत है,
घर - आंगन को महकाया।।

10

तोता बन जाऊंगा

ढेर किताबें क्यों पढ़नी,
कोई नहीं बतलाता है ।
पढ़-लिखकर बढ़ते जाओ,
सिस्टम यही सिखाता है।
चन्द बातें रट लेने भर से,
मैं तोता बन जाऊंगा।
मैडम सर जब करें इशारा,
मैं टें टें ही गाऊंगा।
तोते ही पाले हैं अब तक,
सोच रहा हूं कब से।
करके सीखूं समझ बढ़ाऊं,
एक दुआ है रब से।
क्या बनना है, क्यों बनना है?
मुझसे पूछे कोई।
मनचाहे सपनों के रंग,
क्या लाकर देगा कोई?

11

पुस्तक सच्ची साथी

पुस्तक पढ़कर मिलता ज्ञान,
पुस्तक होती नदी समान।
मम्मी कहती टीचर कहती,
बनती है इनसे पहचान।
ध्यान लगाकर करो पढ़ाई,
मानो इनको खरी कमाई।
जिसने इन पर किया भरोसा,
नैया उसकी पार लगाई।
मित्र रहेंगी सबसे बढ़कर,
खुशी मिलेगी इनको पढ़कर।
ज्ञान-ध्यान,विज्ञान समेटो,
रोज सवेरे आलस तजकर।
जीवन-पथ आलोकित होगा,
मन के संशय मिट जायेंगे।
मुश्किल सभी सवालों के,
हमको हल मिल जायेंगे।

12

बादल गरजे

आसमान में गरजे बादल,
पानी लेकर लरजे बादल।
धड़-धड़ धड़के बादल काला,
बिजली खींच रही है पाला।
मटकी भर-भर पानी लाता,
भूरा बादल जल बरसाता।
रुनझुन रुत सावन की आई,
टप-टप बूंदों की शहनाई।
मधुर-मधुर लहके पुरवाई,
मौसम मनभावन सुखदाई।
खेत-खलिहान खुशी से फूले,
बागों में पड़ रहे हैं झूले।
मौज मनाते चातक पपीहे,
मेंढ़क मछली छम छम उछलें।

13

अमिया की खुशबू

बीती रात को आंधी आई,
घंटों चला बबंडर।
सोते से उठ बैठे घर में,
राजू- राधा-चन्दर।
नींद छू-मंतर पलकों से,
घूम रहीं थीं अमिया।
सुबह सवेरे सबसे पहले,
भर-भर लाये डलिया।
कुछ ऊंघे कुछ करवट बदली,
नींद न उनको आई।
आगे - पीछे दौड़ लगाते,
ले ले कर जम्हाई।
आम बगीचे पेड़ के नीचे,
उठा रहे हैं अमिया।
कुछ हाथों में,कुछ जेबों में,
कुछ ने भर ली डलिया।

ताज़े हरे आम की खुशबू ,
बच्चों को ललचाती।
नमक-मिर्च लगाकर खाते,
चटनी मन को भाती।।

14

कुछ कहता है मोबाइल

सुनो ध्यान से मेरी बातें,
मैं मोबाइल बोल रहा हूँ।
बना तुम्हारा प्रिय खिलौना,
चाहत के पट खोल रहा हूँ।

मुझे अंगुलियों से सरकाते,
ऊपर नीचे दौड़ लगाऊं।
कार्टून या रील देखकर,
मैं मन भावन खेल खिलाऊं।
मेरे करतब देख देखकर,
बच्चे फूले नहीं समाते।
अगर रोकते मम्मी-पापा,
गुस्सा होकर गाल फुलाते।
मैं होता हूं रखा सामने,
तब ही खाना उन्हें सुहाता ।
मेरे बिना अभी उनको तो,

पढ़ना-लिखना भी न भाता।
यह आदत ही लील रही है,
अब बच्चों का नटखट बचपन।
विकरण के खतरों में दिखता,
नहीं सुरक्षित है जन जीवन।
मुझसे छूट सकें बच्चे तो,
सबका होना बहुत भला है।
लेकिन यह सब कैसे होगा,
इसका उत्तर नही मिला है।
सोचो-सोचो दुनिया वालो,
बाहर वालो ,हे घरवालो।
अगर बचाना है बचपन तो,
इसका हल तत्काल निकालो।

15

गोदी हमें उठाते

किस्मत वालों को मिलते हैं,
घर में दादी - दादा जी।
मनचाही सब चीज दिलाते,
कभी न तोड़ें वादा जी।
पापा के भी होते पापा,
और मम्मी की मम्मी।
बातें सिखलाते हैं हमको,
पास बिठा यम्मी-यम्मी।
कभी पार्क तो कभी मॉल में,
संग-संग हमें घुमाते।
नन्हें पांव यदि थक जायें,
झट गोदी हमें उठाते।
कथा - कहानी कितने किस्से,
हैं इनको याद जुबानी।
पीपल वाला भूत गडरिया,
चंदनपुर की महारानी।

सुबह सवेरे सोकर उठते,
पूछें सदा इरादा जी।
किस्मत वालों को मिलते हैं,
घर में दादी - दादा जी।।

16

सिंघाड़ा

हरा गुलाबी रूप सलोना,
दिखता सुन्दर और तिकोना।
माह नवम्बर हल्का जाड़ा।
बल-बल करता चला सिंघाड़ा।
पानी का फल यह अलबेला,
खूब खायें गुरु और चेला।
जो खाता इसके गुण गाता,
कब्ज़ बदहजमी दूर भगाता।
स्वाद बनाये सिंघाड़ा कचरी,
छिलके चट कर जाती बकरी।
प्रोटीन फाइबर से भरपूर,
ब्लडप्रेशर भी करता दूर।
देख विटामिन्स का जलवा,
मीठा लगता है हलवा।
कच्चा-पक्का सेहत भरा,
खाओ सिंघाड़ा हरा- हरा।।

खरबूजे - तरबूजे

गर्मी की आहट होते ही,
खरबूजे-तरबूजे भाई।
गली-मुहल्ले आकर तुमने,
मीठी-मीठी प्यास जगाई।
मम्मी रोज़ सुबह ले लेती,
काट-छाट कर हमें खिलाती।
मीठा गुद्दा मीठा पानी,
घर-भर में खुशबू भर जाती।
खनिज विटामिन के प्याले,
मौसम के फल प्यारे-प्यारे।
छिलका बीज सभी गुणकारी,
पानी के छोटे रस धारे।
हरी पट्टियां धूसर धारी ,
गोल-गोल से खरबूजे।
बाहर से ये हरे-हरे हैं,
लाल रसीले तरबूजे।

18

बच्चा ही अच्छा

क्या-क्या सपने देख रही हैं,
ये सपनीली आंखें।
ज़रा ठहर ओ मेरे बचपन!
दोस्त मेरे ओ बांके।
बड़ा नहीं बनना चाहूँ मैं,
छोटा ही अच्छा हूं।
सबका प्यारा राजदुलारा,
नटखट हूँ, बच्चा हूं।
माँ का बेटू, बहन का छोटू,
आलस मुझे अखरता।
पापा की आंखों का तारा,
धमाचौकड़ी करता।
दिनभर खेलकूद औ मस्ती,
बहे प्यार की गंगा।
खाना-पीना, मौज मनाना,
बचपन है अतरंगा।।

19

अचरज में दरवाजा

दरवाजे पर दस्तक देकर,
हवा हुई छूमन्तर ।
खिड़की - रोशनदान को देखा,
उसने ज़रा पलटकर।
हिलने से जब तंद्रा टूटी,
अचरज में दरवाजा।
दूर-दूर तक नहीं दीखता,
किसने खटकाया भागा?
थोड़ा गुस्सा डर भी थोड़ा,
फिर दरवाजा मुस्काया।
चलो किसी ने आज सुबह,
आकर मुझे जगाया।
लेकर फिर अंगड़ाई बोला,
आओ हवा सुहानी।
खिड़की - रोशनदान कहें,
थी उसकी ही शैतानी।।

20

ए आई

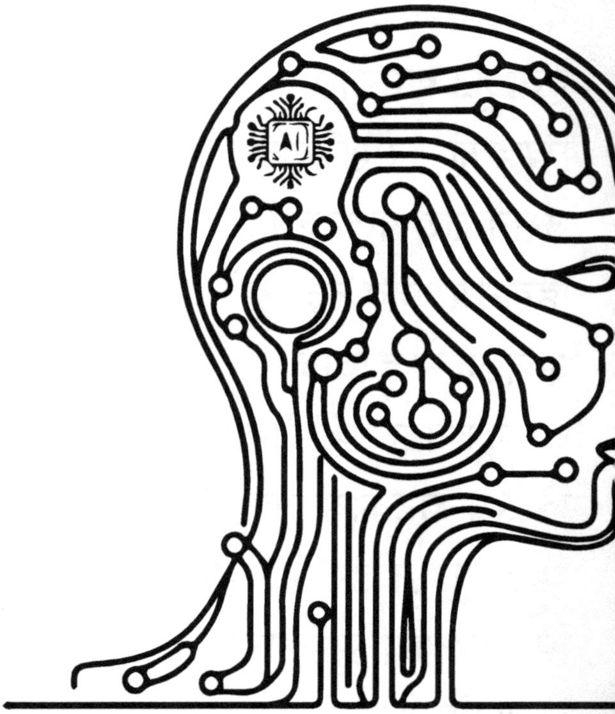

चारों तरफ मची खलबली,
देखो आई - आई ।
सब उसी के बने दीवाने,
सबने जुगत भिड़ाई।
पलक झपकते कर देती है,
काम बड़े से भाई।
कठिन सवालों के हल खोजे,
एलेक्सा न अलसाई।
होमवर्क बच्चों का करती,
कहलाती है ए आई।
घर हो स्कूल या होटल,
इसको देखा जाता।
नाम अलग और काम अलग,
चिंटू दिल बहलाता।
ना -नुकर झूठ बहाने,
इसको अभी न आए ।
मनपसंद खाने की चीजें,
अम्मा इससे बनवाये।।

21

गूगल बाबा

गूगल बाबा के चक्कर में,
भूले अपने बाबा।
ज्ञानी ध्यानी उत्तर दानी ,
काम करें कुछ ज्यादा।
अपने बाबा से कतराते,
सदा बनाते दूरी।
बातचीत में सहज न दिखते,
ऐसी क्या मजबूरी।
नये जमाने के ये बच्चे,
इनकी बात निराली।
पास बैठ कर देखो जानो,
बातें डिजिटल वाली।
मोबाइल पर करते चेटिंग,
मॉल घूमने जाते।
कार्टून संग खाते - पीते,
मन ही मन मुस्काते।

बाबा जैसा बनना होगा,
सीख न इनको भाती।
दोस्त सरीखा बन जाने पर,
बात समझ में आती।।

22

धूप तेरे आने के बाद

खिल उठे मन मुरझाए,
भागी सभी विघ्न-बाधाएं।
कम्बल चादर टोपी उतरे,
धूप तेरे आने के बाद।
तितली भंवरें कीट-पतंगें,
मन में भर-भर मृदुल उमंगें।
पंछी गाते गीत मनोहर,
धूप तेरे आने के बाद।
सर सर सर्दी बहुत सताये,
अलाव-अंगीठी राहत लाये।
ठिठुरन कम्पन्न सिहरन भागे,
धूप तेरे आने के बाद।
बाल-गोपाल खुशी से दमके,
झुर्री वाले चेहरे चमके।
जग जीवन में लौटी खुशियां,
धूप तेरे आने के बाद।।

23

लीक से हटकर

नये साल में कुछ नया नवेला हो।
लीक से हटकर अलबेला हो।
बाबू-अफसर सीधे हों तो,
दफ्तर में सब काम बनें।
इधर-उधर फाइलें दौड़े,
जनता की ना सांस तनें।
छल कपट मक्कारी का,
ना झोल- झमेला हो ।
नये साल में कुछ नया नवेला हो।
नेता जी को सारी कसमें,
सारे वादें याद रहें।
चेलों चम्मचों से कुछ दूरी,
जनता की फरियाद रहें।
थोड़ा स्वार्थ कम हो जाये,
जनहित का ठेलम-ठेला हो ।
नये साल में कुछ नया नवेला हो।

कोई पुल ना अब भर भराए ,
सड़कों पर गड्ढें ना मुस्कुराए।
शासन सुशासन हो हर दिन,
अस्मिता किसी की ना मुरझाए।
बीच सड़क पर कभी न रेलम-पेला हो।
नये साल में कुछ नया नवेला हो।

24

बच्चों की आजादी

सजे-धजे स्कूल सभी हों,
खुशी-खुशी सब आयें।
टीचर जी से खुलकर बोले,
मन की बात बतायें।
खेल-खेल में करें पढ़ाई,का
करके सब कुछ सीखें।
विद्यालय की हरित वाटिका,
मिल-जुलकर हम सींचे।
डांट डपट से दूर रहें,
बने न कोई फसादी।
कदम-कदम पर शाबाशी हो,
बच्चों की आजादी।
नन्हा भारत कर सकता है,
करतब बड़े-बड़े।
बाल सूर्य को देते हैं,
जल सब खड़े-खड़े।

थोड़ा हम बच्चों को समझो,
तनिक भरोसा कर लो।
वीर- धीर, गंभीर बनेंगे,
कान्हा जैसा वर लो।

25

नीम और आम

बहस छिड़ी तन्नू-मन्नू में, नीम बड़ा या आम।
तन्नू बोला नीम सुहावन, मन्नू कहता आम।
सुबह सवेरे नित उठ करते, हरी-हरी दातून ।
शीतल घनी छाँव में मिलता, मुझको बड़ा सुकून।
सूखी पत्ती, छाल, निबोरी, करती हैं उपचार।
फुंसी-फोड़े दूर भगाये, नीम एक और लाभ हजार।
मन्नू बोला नीम करूआ, मिश्री - से मीठे आम।
मैंगों शेक मुझे लगता, ज्यों खुशियों का जाम।
पत्ते इसके पूजे जाते,गुठली के होते दाम।
कच्चे की चटनी औ पना, पके हुए रसीले आम।
चाचा जी ने उन दोनों को, पास बिठा समझाया।
दोनों परहित ही जीते हैं, भेद यह कहाँ से आया?
कड़ुवी बातें हितकर होती, मीठी सबको भाती ।
मोल बराबर है दोनों का, सीख यही बतलाती ।।

26

बच्चों की चौपाल

सुनो सुनो, ओ सुनो सुनो,
चलो नीम के नीचे।
बच्चों की चौपाल सजी है,
कुछ फोटो भी खींचे।

चाचा जी की नकल उतारे,
अपना प्यारा चुन्नू।
हा-हा ही-हू करते सारे,
पेट पकड़ता मुन्नू।

ताक-धिनाधिन करती आई,
जब टप्पू की टोली।
लगे नाचने सारे बच्चे,
मन की गांठें खोली।

गिन्नी घुमा रही बातों में,
गाती मधुर तराने।

कविता की बारी आई जब,
ढूंढे नये बहाने।

हँसी ठहाके गूँज रहे हैं
बजी जोर से ताली।
इन बच्चों से हम भी सीखें,
जीवन की खुशहाली।

27

गुस्सा बुरी बला

इतना गुस्सा इतना नखरा
ठीक नहीं सूरज भाई।
घर में किसने डांटा तुमको,
आइसक्रीम नहीं खाई।
मुंह फुलाए आसमान में,
कड़क धूप में तपते हो।
फेंक रहे गर्मी के गोले,
तनिक न थकते- हसते हो।
लू के गर्म थेपेड़ो से,
दिन भर ही झुलसाते हो।
अपने घर में दुबके रहना,
ऐसा हुक्म चलाते हो।
थोड़ी गर्मी थोड़ा गुस्सा,
कल के लिए बचा रखना ।
सर्दी में जब थर-थर कांपों
झट से काम चला लेना।

दादी - नानी ने किस्सों में,
अच्छी-अच्छी बात कहीं।
गुस्सा बुरी बला है प्यारे,
छोड़ो इसको यहां अभी।

28

मेरी माटी मेरा देश

रंग - बिरंगा देश हमारा,
चन्दन जैसी माटी।
स्वर्णिम शैल शिखर शोभित,
फूलों वाली घाटी।
गंगा - यमुना कावेरी का,
अमृत जैसा पानी।
कल-कल खुशियां बांट रहीं,
महके फसलें धानी।
बोली भाषा खेल तमाशा,
खानपान की हो थाली।
धोती कुर्ता साड़ी लहंगा,
टोपी गांधी वाली।
रंग बिरंगे फूलों से है,
गुथी हुई ये माला।
मानो पुष्पित सुरभित हो,
हर बालक हर बाला।

नित नवल उत्साह जगाती,
उगते सूरज की लाली।
लहर-लहर लहराये तिरंगा,
करे हिमालय रखवाली।
पूरब पश्चिम उत्तर दक्षिण,
बनती खूब रंगोली।
पर्व त्योहार हमें दे जाते,
खुशियों भर-भर झोली।